# 迷宮突破《めいきゅうとっぱ》！
# 60秒の推理《すいり》ファイル
## パート1
## 目の前にある手がかり

推理《すいり》やなぞ解《とき》など頭をフル回転させて、難題《なんだい》をやっと解《と》き終えたときの快感《かいかん》はたまらないですね！

この本にはそんな事件《じけん》がたくさんつまっています。

学校や身近なところで起きた事件《じけん》、はたまた殺人事件《じけん》など、さまざまな問題が出題されています。

あなたは問題の文章やイラストを注意深く観察《かんさつ》して、おかしなところがないかじっくり考えてください。

そして、ひらめきで犯人《はんにん》のしかけたトリックをあばきましょう。

この本を読み終えたとき、あなたは名探偵《めいたんてい》です！

## ファイルNo.1

# 資《し》料《りょう》室《しつ》殺人事《じ》件《けん》

夢《ゆめ》が丘《おか》小学校の資《し》料《りょう》室《しつ》で、教《きょう》師《し》が殺されるという事《じ》件《けん》が起こった。
授《じゅ》業《ぎょう》が始《はじ》まっても、なかなか来ない先生を、探《さが》しに来た子どもが
資《し》料《りょう》室《しつ》で血を流して倒《たお》れている死体を発見した。
警《けい》察《さつ》が現場に到《とう》着《ちゃく》すると、辺《あた》りには地図記号カードが散《さん》乱《らん》。
死体の手には二枚《まい》のカードが握《にぎ》られていた。
「これは、ダイイングメッセージだな……」
現場を見た十《じゅう》文《もん》字《じ》刑《けい》事《じ》は、つぶやいた。

「ダイイングメッセージ」とは、
被害者《ひがいしゃ》が犯人《はんにん》を知らせるために
死の直前に残した伝言だ。

その後、捜査《そうさ》を続けていくと、
被害者《ひがいしゃ》には日頃《ひごろ》からよく
口論《こうろん》していた教師《きょうし》がいたことが判明《はんめい》。

**■5年生担任《たんにん》　二宮《にのみや》くにお**

被害者《ひがいしゃ》とは、教育の考え方が合わずによく口論《こうろん》していた。

**■家庭科教師《きょうし》　田山《たやま》ゆみ**

新任教師《しんにんきょうし》で、被害者《ひがいしゃ》からしつこく交際《こうさい》を迫《せま》られていた。

**■4年生担任《たんにん》　田畑《たばた》たくや**

被害者《ひがいしゃ》とは同期。家庭科教師《きょうし》の田山《たやま》に好意を持っている。

十文字刑事《じゅうもんじけいじ》は残された地図記号から犯人《はんにん》を確信《かくしん》した。

二枚《まい》の地図記号は、
それぞれ「田」と「畑」を表している。
被害者《ひがいしゃ》は資料室《しりょうしつ》でおそわれたが、
たまたま社会の授業《じゅぎょう》の準備《じゅんび》をしていたため、
地図記号のカードを手にしていた。
犯人《はんにん》が去《さ》った後《あと》、やっとの思いで
カードで犯人《はんにん》を知らせたのだった。
犯人《はんにん》は、田畑《たばた》たくやだ！

## ファイルNo.2

# 林間学校行方《ゆくえ》不明事件《じけん》

とある小学校の林間学校で、女の子が行方《ゆくえ》不明になった。

数名でグループ活動をしていたが、

班員《はんいん》が目を離《はな》したすきに、その子の姿《すがた》が見えなくなったという。

「児童にもしものことがあったら、どうしたらいいか」

引率責任者《いんそつせきにんしゃ》の教頭先生は、頭をかかえた。

警察《けいさつ》にも連絡《れんらく》が入り、捜索《そうさく》がはじまった。

そんなとき周辺の林で、三人の人物と出会った。

■男A「子どもが行方《ゆくえ》不明？
林の中を散策《さんさく》していたけど
グループの子を何組も見たな。
その中の一人がいなくなったのか」

■男B「オレはここで伐採《ばっさい》の
仕事をしていたけど、子ど
もたちは見かけなかったな」

**男C**「わたしはその小学校の教師《きょうし》です。生徒《せいと》のことを思うと、いてもたってもいられなくて、こうして探《さが》しているんです」

はじめ、警察《けいさつ》は事故《じこ》と事件《じけん》の両面で捜索《そうさく》をしていたが、三人の言葉を聞いているうちに、これは事故《じこ》ではなく、事件《じけん》であることがわかった。

Cがウソをついている。
本物の教師《きょうし》ならば、小学生のことを「生徒《せいと》」とは呼《よ》ばないで「児童」と呼《よ》ぶはず。
教頭先生も「児童」と呼《よ》んでいた。
中学生と高校生は「生徒《せいと》」、大学生は「学生」だ。
男はニセ教師《きょうし》であり、誘拐《ゆうかい》の犯人《はんにん》だ。
捜索《そうさく》の様子をさぐりに来ていたのだろう。

# ファイルNo.3

# 闇《やみ》に消えた男

ある日のこと、
夢《ゆめ》見《み》が原《はら》タウンで、ひったくり事件《じけん》が起こった。
時刻《じこく》は夜の十時。

その日は天候が悪く、月明かりもない。
人通りの少ない街灯《がいとう》もない道を歩いていた女性《じょせい》が、
後《うし》ろからきた何者かにバッグをうばわれたという。
翌日《よくじつ》、警察《けいさつ》が周辺の聞《き》き込《こ》みをおこなうと、
その時刻《じこく》に現場近くにいたという男に事情を聞くことができた。

■男「ちょうど被害者《ひがいしゃ》の女性《じょせい》の後《うし》ろを歩いていたんです。すると、路地《ろじ》からいきなり男が飛び出してきて、女性《じょせい》からバッグをうばって暗《くら》闇《やみ》に逃《に》げていきました」

■**刑事**《けいじ》「犯人《はんにん》の特徴《とくちょう》で覚《おぼ》えていることはありませんか?」

■**男**「なにしろ素早《すばや》いやつでしたから、追いかける間もなかったんですよ。おまけにサングラスをかけていたんで、顔もわからなかったなぁ・・・・」

それを聞いた、十文字《じゅうもんじ》刑事《けいじ》はこの男が犯人《はんにん》であることを確信した。

男の証言《しょうげん》にはおかしい点があった。
夜の月明かりも街灯《がいとう》もない夜道で、
サングラスをかけた男が
素早《すばや》く行動できるはずはないからだ。
暗い夜道では、
歩くことさえもおぼつかないはずだ。
男がひったくりの犯人《はんにん》だ。

## ファイルNo.4

# 自殺のなぞ

ある日、十文字《じゅうもんじ》刑事《けいじ》は、友人の刑事《けいじ》から電話を受けた。
様子が変だったので、すぐに友人の家を訪《たず》ねていくが、応答がない。
玄関《げんかん》が開いていたので中に入ると、
友人はリビングで拳銃《けんじゅう》を右手に握《にぎ》って死んでいた。
こめかみに銃弾《じゅうだん》のあとがあり、血が流れている。
「部屋は荒《あ》らされていないようだ。自殺か？」

十文字刑事《じゅうもんじけいじ》は、
冷静に死体の周りを
見回してみた。
テーブルには、
しおりのはさまれた本と
飲みかけのコーヒーが
半分ほど残っていた。

友人と親しかった十文字《じゅうもんじ》刑事《けいじ》は、確信した。

「これは他殺だ!」

まず、読みかけの本だ。
これから自殺しようとする人間が、
本を読んだ後《あと》にしおりなどはさむはずがない。
また、本が血だまりの上にあるということは、
だれかが後《あと》から置いた証拠《しょうこ》だ。
さらに、コーヒーカップの向きだ。
カップの取っ手の向きが左にあるので、友人は左利《き》きだ。
けれど、拳銃《けんじゅう》は右手に握《にぎ》られていた。
犯人《はんにん》は、友人が左利《き》きであることに気づかずに、
自殺に見せかけるため、拳銃《けんじゅう》を右手に握《にぎ》らせたのだろう。

## ファイルNo.5

# 落書き犯《はん》はだれ？

ある日ボクが登校すると、教室でもめている声がした。
昨日《きのう》、机《つくえ》に置き忘《わす》れたナツミのノートに、
落書きされていたのだ。
ナツミが登校すると、
教室の中には、すでに三人の男子がいたという。
ボクは、三人に登校したときの様子を聞くことにした。

■**マコト**「ハルトがナツミのノートに落書きをしているのを見たよ」

■**ハルト**「ボクが登校してきたときには、ノートは机《つくえ》の上にあって、カズマが落書きをしている最中だった」

■**カズマ**「そんなのはウソだ!
ボクはやってない」

三人の中で一人だけがウソをついているとしたら犯人《はんにん》は?

仮《かり》にウソをついているのがマコトなら、
ハルトの言っていることが本当になってしまい、
ウソつきがマコトとカズマの二人いることになり話が合わない。
カズマがウソを言っている場合は、
マコトの言ったことが本当ということになり、
カズマとハルトの二人がウソつきになる。
ハルトがウソつきの場合だけ、話のつじつまが合う。
犯《はん》人《にん》はハルトだ。

# ファイルNo.6

# ニセモノがいる!?

十文字《じゅうもんじ》刑事《けいじ》は仕事がオフの日、大好きなテレビの人気公開番組「笑いのツボ」の収録《しゅうろく》を観《み》に来ていた。けれど、その本番前に局内で迷《まよ》ってしまい、スタジオがわからなくなってしまった。

あちこちをさまよううちに、偶然《ぐうぜん》にも「どろぼう」という声を聞き、逃《に》げる後《うし》ろ姿《すがた》を目撃《もくげき》した。十文字《じゅうもんじ》刑事《けいじ》は、あわてて追いかけるが、衣装《いしょう》部屋付近で見失ってしまう。

十文字《じゅうもんじ》刑事《けいじ》が横の通路を見ると、そこにいたのは、スーツ姿《すがた》の二人組と着物の男だった。

二人の男は対《つい》のはでなスーツを着ている。

■スーツA「わたしは、お笑いコンビ『ナンタラカンタラ』のナンタラといいます。楽屋でネタを考えていたので、あやしい男は見なかったですね～」

■スーツB「わたしは、カンタラです。トイレの個室《こしつ》に入っていたもので、外で何が起こったかなんにもわからないです」

もう一人は、着物姿《すがた》の男だ。

**着物男**「えっ、わたしですか？春陽亭風太《しゅんようていふうた》という落語家です。芸歴は浅いんで、有名じゃないですけどね。わたしは、落語のけいこに夢中《むちゅう》で気がつかなかったなあ」

十文字刑事《じゅうもんじけいじ》は、三人を見ていてウソを見破《みやぶ》った。

犯人《はんにん》は、着物姿《すがた》の男だ。
着物は男女の区別なく、右手側を先に着付ける。
しかし、この男は着物の前合わせが、逆《ぎゃく》になっている。
プロの落語家がこんなミスはしない。
このような着方をするのは、死んだ人に着物を着せるときだけだ。
犯人《はんにん》は衣装《いしょう》部屋に逃《に》げ込《こ》んで変装《へんそう》しようとしたが、着物の知識《ちしき》がなく、
あわてて着たためにボロが出てしまったのだ。

# ファイルNo.7
# ウサギは知っている

小学校の飼育《しいく》小屋のウサギが、何者かにいたずらされていた。真っ白いウサギの体のあちこちにムラサキ色の絵の具で、落書きされていたのだ。

朝、飼育《しいく》係がエサを与《あた》えたときには異常《いじょう》がなく、放課後飼育《しいく》小屋に見に行ったときに、ウサギの落書きを発見したのだと言う。

絵の具がかわいていないので、放課後にいたずらされた可能性《かのうせい》が高いようだ。飼育《しいく》小屋の近辺を調べると、近くの教室で絵を描《か》いていたあやしい人物が二人見つかった。

そこにいた二人の子どもたちに、放課後の様子を聞いてみることにした。

■青山《あおやま》「えっ、落書き事件《じけん》だって？ ボクはここで宿題の絵をずっと仕上げていたから、知らないよ。だいたい、ぼくの絵の具を見てよ」

■赤井《あかい》「ウサギの体に、いたずら書きされたの？
ムラサキ色の絵の具で？
だれがやったのかしら。
わたしじゃないわよ。
疑《うたが》ってるの？
ムラサキ色の絵の具なんてないでしょう？」

二人の絵の具を見比《くら》べているうちに、落書きの犯人《はんにん》がだれなのかわかってしまった。

二人ともたしかにムラサキ色の絵の具は
持っていない。
けれど、絵の具は混《ま》ぜれば別の色がつくれることに
着目してほしい。
青山《あおやま》の持っている絵の具では、ムラサキ色はつくれないが、
赤井《あかい》の持っている赤と青の絵の具を混《ま》ぜれば、
ムラサキ色の絵の具がつくれる。
それなのに赤井《あかい》は、「ムラサキ色はない」と、とぼけていた。
赤井《あかい》が犯人《はんにん》だ。

## ファイルNo.8

# ビルで消えた男

十文字刑事《じゅうもんじけいじ》は、ある事件《じけん》の容疑者《ようぎしゃ》の男を追っていた。

しかし、あと少しというところで、見失ってしまった。

目の前にあるのは、小さな三階建てのビルだ。

どうやら、犯人《はんにん》はこの中に逃《に》げ込《こ》んだらしい。

十文字刑事《じゅうもんじけいじ》は、守衛《しゅえい》に事情を説明して、揃《そろ》いのジャンパーを着たビルの職員《しょくいん》たちといっしょに、ビル内を徹底的《てっていてき》に探《さが》すことにした。

一階から各部屋をしらみつぶしに調べていると突然《とつぜん》、火災報知器《かさいほうちき》のベルが鳴り響《ひび》いた。

火元を調べると、
二階の更衣室《こういしつ》のようだ。
十文字《じゅうもんじ》刑事《けいじ》やビルの職員《しょくいん》が
階段をかけ上ると、
廊下《ろうか》には白い粉《こな》がもうもうと
舞《ま》い上がっていた。
更衣室《こういしつ》に飛《と》び込《こ》むと
中も粉《こな》が充満《じゅうまん》している。
「うっ、苦しい！」
十文字《じゅうもんじ》刑事《けいじ》や職員《しょくいん》は、

あわてて廊下《ろうか》に出た。
やがて、消火剤《しょうかざい》が薄《うす》れると、
更衣室《こういしつ》は火事の気配《けはい》など
いっさいないことがわかった。
そこには空《から》の消火器が
一本転《ころ》がっているだけだった。
その後《あと》、十文字刑事《じゅうもんじけいじ》たちは
他階の部屋もくまなく調べたが、
犯人《はんにん》の姿《すがた》はどこにもなかった。
いったい、容疑者《ようぎしゃ》の男はどうやってビルから脱出《だっしゅつ》したのだろう？

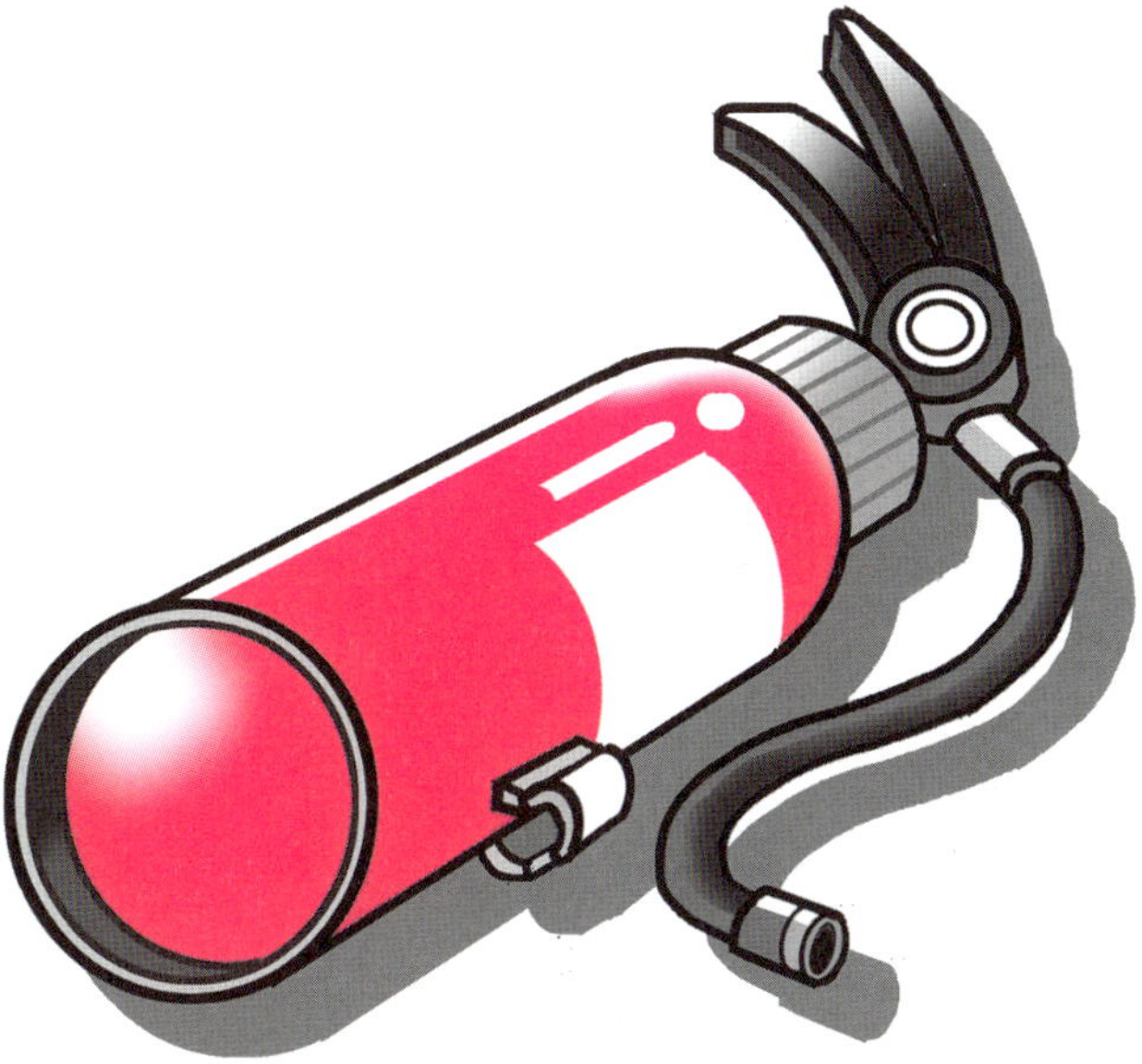

容疑者《ようぎしゃ》が更衣室《こういしつ》を選んだのは、職員《しょくいん》のジャンパーなどがあるからである。まず、そこでジャンパーに着替《きが》え、関係者を装《よそお》うと、つぎに消火器で、更衣室《こういしつ》や廊下《ろうか》に白い粉《こな》の消火剤《しょうかざい》を噴射《ふんしゃ》して、火事を偽装《ぎそう》した。

その後《あと》、火災報知器《かさいほうちき》のボタンを押《お》し、ドアの後《うし》ろにかくれて、刑事《けいじ》や職員《しょくいん》が来るのを待った。

部屋に飛《と》び込《こ》んだ刑事《けいじ》たちといっしょに部屋を出たと思われる。職員《しょくいん》のジャンパーを着ているので、目立たずに逃《に》げることができたのだ。

## ファイルNo.9

# 割《わ》れたガラス

その日の夕方、下校しようとしたとき、一階にある教室からガラスの割《わ》れる音が聞こえた。

急いで行ってみると、教室の中には男の子が二人、大きく割《わ》れた窓《まど》ガラスを見つめている。

男の子の手には、ホウキが握《にぎ》られていた。校庭にいた数人が、いつもはカギがかけられている引き戸のドアを開けて中に入ってきた。

見ると窓《まど》の近くには、こぶしほどの大きな石が落ちている。

二人に事情を聞くと……。

**子どもＡ**「ボクたちが帰りじたくをしていたら、いきなり大きなガラスの割《わ》れる音がして、見るとこの石が外から教室に投《な》げ込《こ》まれていたんだ。ボクたちがやったんじゃないって、先生に言ってくれよ」

■子どもB「ガラスの割《わ》れる音がしたとき、窓《まど》の外を見たら、あわてて逃《に》げる子がいたけど、校舎《こうしゃ》の裏《うら》に逃《に》げちゃった。窓《まど》ガラスは割《わ》れるし、ボクにあやうく石が当たるところだったよ」

二人の話を聞いた後《あと》、窓《まど》から外を見て二人の言っていることがウソだとわかった。

外から石が飛んできたなら、
窓《まど》ガラスの破片《はへん》が教室内にあってもいいはずだ。
なのに、教室内には窓《まど》ガラスの破片《はへん》はなく、
逆《ぎゃく》に窓《まど》の外に落ちている。
つまり、教室の中から割《わ》られたものだ。
おそらく二人は、教室でホウキを振《ふ》り回して遊んでいるうちに、
あやまって窓《まど》ガラスを割《わ》ってしまったのだろう。
だからホウキを持っていたのだ。
石が投《な》げ込《こ》まれて、窓《まど》ガラスが割《わ》れたように見せかけるために、
窓《まど》のそばに石を置いたのだ。

# 推《すい》理《り》力《りょく》テスト①

## ●不《ふ》思《し》議《ぎ》な文

あちこちの街《まち》を移動しながら、
大金をだまし取るサギグループの
一人が逮捕《たいほ》された。
男はパソコンで作られた
メモを持っていたが、
つぎの目的地を示《しめ》した暗号らしい。
パソコンのキーボードが手がかりだ。
何と書いてあるのだろう?

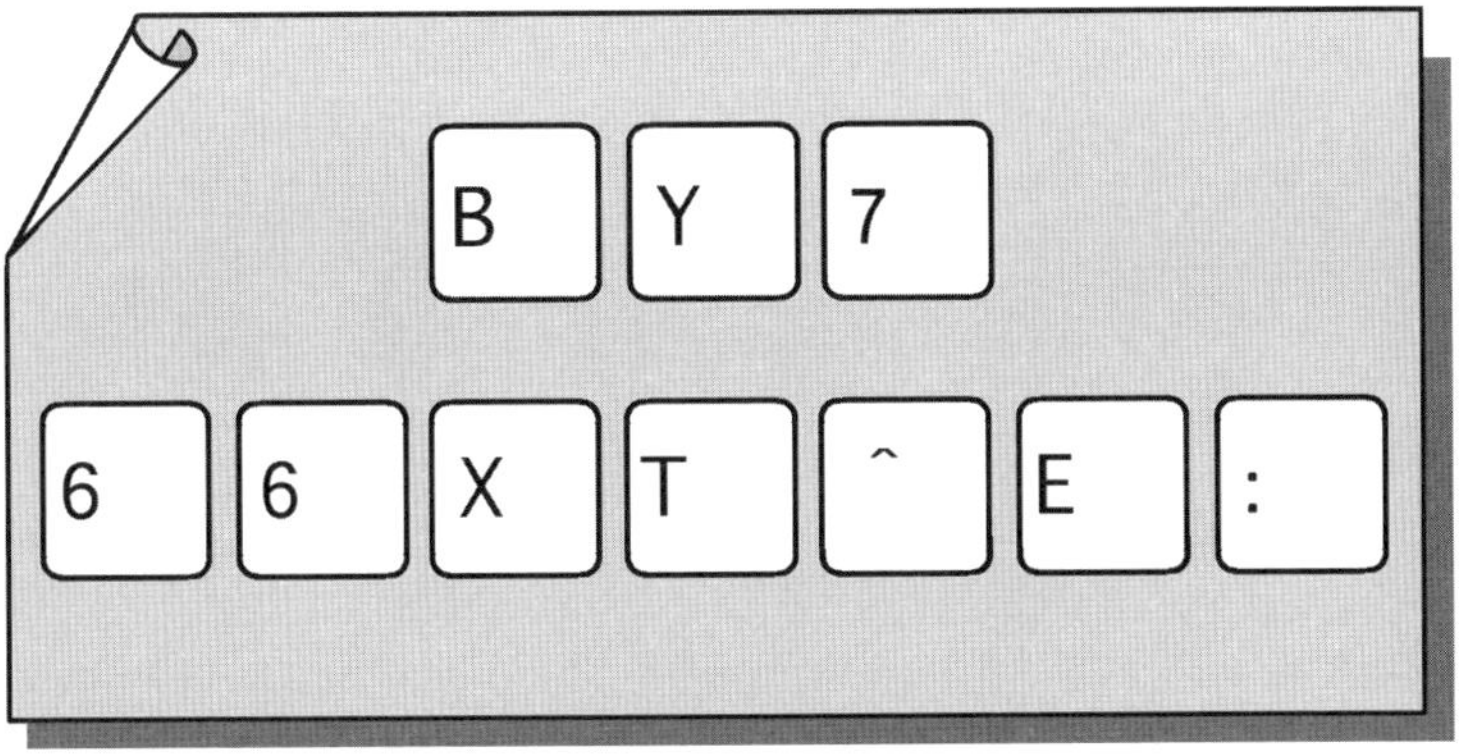

こたえは126ページ

# 推《すい》理《り》力《りょく》テスト②

## ●ひき逃《に》げ犯《はん》を探《さが》せ！

深夜、帰宅途中《きたくとちゅう》の会社員の男が
路上で、自動車にひかれて死亡《しぼう》した。
現場は防犯《ぼうはん》カメラの設置《せっち》がなく、
車の特定がむずかしいと思われたが、
被害者《ひがいしゃ》が亡《な》くなる直前に、
血文字で加害者の車のナンバーを
道路に書いていた。

捜査《そうさ》が進み、当日その場を走った車で、
そのナンバーに似《に》ているものが3台見つかった。
ひき逃《に》げ犯《はん》の車のナンバーはどれだろう？

ア

8196

イ

8169

ウ

9618

こたえは126ページ

# 観察力《かんさつりょく》テスト①

## ●ウソをあばけ！

コンビニ強盗《ごうとう》があり、パトロール中の警官《けいかん》が犯人《はんにん》の男を追いかけたが、途中《とちゅう》で見失ってしまった。周辺を捜査《そうさ》していると、近くのアパートから犯人《はんにん》と似《に》た男が出てきた。この男のウソを見破《みやぶ》ろう！

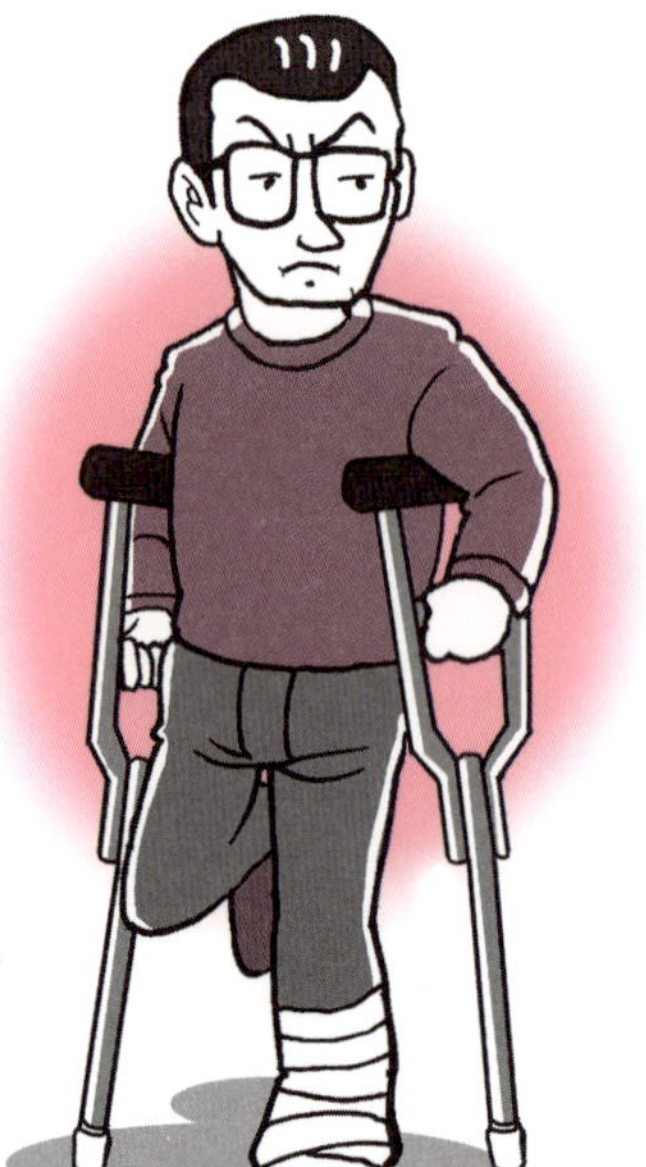

こたえは126ページ

## ファイルNo.10

# 校長室のいたずら

ある小学校で起きた事件《じけん》だ。
放課後、校長先生が出張《しゅっちょう》から戻《もど》ると、
校長室に飾《かざ》ってあった写真が何者かに破《やぶ》られていた。
調べると、その日に校長室から立ち去る
三人の人物がいたことがわかった。
名前の上がった子どもたちを教室に集め、
それぞれ話を聞くことになった。

**先生**「昨日《きのう》、校長室でいたずらがあったんだが、
校長室から出てくるきみたちの姿《すがた》を見たと言う人がいるんだ。
何か知らないか？」

**カイト**「ボクは、校長室の清掃《せいそう》当番
でした。
そうじが終わって校長室を出るとこ
ろを見られたんじゃないかな。
ボクが部屋を出るときは何もなかっ
たです」

■ミサキ「わたしも校長室の清掃《せいそう》当番ですけど、写真を破《やぶ》ったりしていません」

■ハルキ「ボクはあの日、校長先生に廊下《ろうか》を走っていて注意されたけど、その姿《すがた》を見られたのかな」

先生は証言《しょうげん》を聞いて、三人のうちだれが犯人《はんにん》か、すぐわかった。

ミサキが犯人《はんにん》だ。
先生は三人に話をしたとき、
「校長室でいたずらがあった」とだけ言って、
いたずらの内容には触《ふ》れていなかった。
けれど、ミサキは
「写真を破《やぶ》ったりしていません」
といたずらの内容を知っていた。
先生たちとやった本人しか知らないことを
ミサキが自分から言ったのです。

## ファイルNo.11

# 逃《に》げたニワトリ

ある日のこと、下校途《と》中《ちゅう》に空《あ》き地《ち》の前を通ると、
一羽《わ》のニワトリが目の前にあらわれた。
どうやら近所で飼《か》われていたものが逃《に》げ出したようだ。
とりあえず、ニワトリをつかまえ、飼《か》い主《ぬし》を探《さが》そうと
周辺を歩いていると、飼《か》い主《ぬし》だという人物が二人あらわれた。
ニワトリはたった一羽《わ》だけだ。
もちろん、飼《か》い主《ぬし》だという二人のうち一人は、ウソをついている。

■**男**「これは、うちのピヨ太だ。
ヒヨコのときから飼《か》っていて、
ここまで大きくしたんだ。
この子が毎朝元気な声で鳴いて、
夜が明けるのを知らせてくれるのを
楽しみにして
いるんだ」

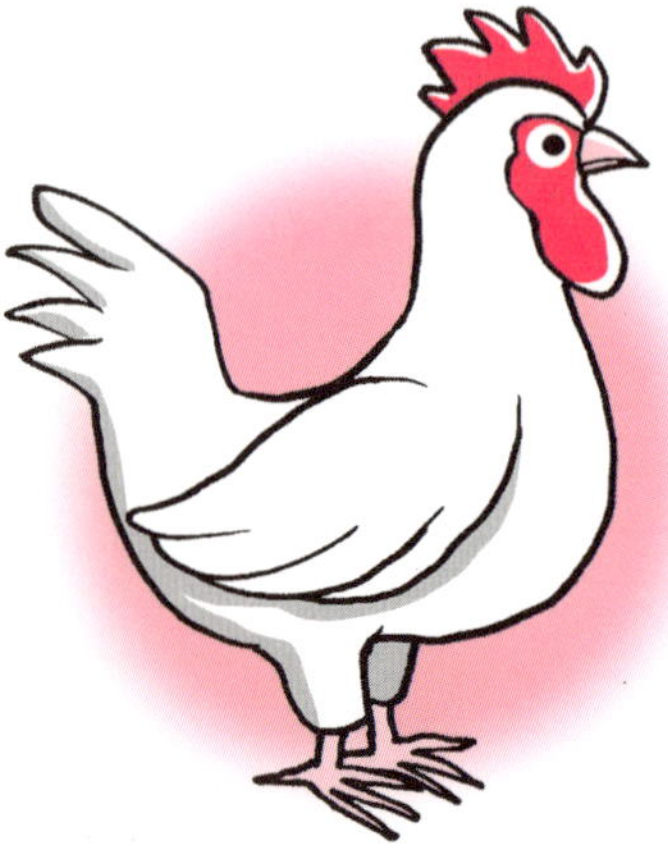

■女「この子は、家で飼《か》っている子よ。
小屋のカギが開いていて
逃《に》げ出しちゃったの。
毎朝、卵《たまご》を産《う》んでくれるし、
大きな声で夜明けを告《つ》げてくれる
大切な子なの」

ボクは二人の言葉とニワトリを見て、飼《か》い主《ぬし》がわかった。

ウソをついているのは女だ。
ニワトリを見るとトサカも大きく、あきらかにオスだ。
だから、女の言葉の
「毎朝、卵《たまご》を産《う》んでくれる」というのはおかしく、
この発言でウソだというのがわかる。
また、「朝も、大きな声で夜明けを告《つ》げてくれる」と言っているが、
メスも鳴くものの、オスのような大きな声で、
「コケコッコー」というような鳴き方はしない。
女は知識《ちしき》がなく、思いついたことを適当《てきとう》に言ったところからボロが出た。

## ファイルNo.12

# 募《ぼ》金《きん》盗《とう》難《なん》事《じ》件《けん》

ある商店街《しょうてんがい》の会長他、役員の数人がビルの一室に集まり、商店街《しょうてんがい》が企画《きかく》したチャリティー募金《ぼきん》の集計をしていた。

募金《ぼきん》の大半はコインだった。

途中《とちゅう》で休憩《きゅうけい》を取ることになり、副会長が募金《ぼきん》の見張《みは》りをかねて部屋に残り、その他の役員は一旦退室《いったんたいしつ》した。

しばらくすると、部屋の中からさけび声が聞こえた。

それを聞いた役員たちが、あわてて部屋に飛《と》び込《こ》むと、副会長が床《ゆか》に倒《たお》れていて、机《つくえ》の上にあった募金《ぼきん》はすべて消えていた。

現場にやってきた十文字刑事《じゅうもんじけいじ》は、
副会長に事情聴取《じじょうちょうしゅ》をおこなった。

■**副会長**「役員で募金《ぼきん》を集計していたんですが、十万円ほど集まったようで、途中《とちゅう》でわたしが部屋に残り、他の人は休憩《きゅうけい》を取りました。
わたしも一息ついていると、ドアから見知らぬ男が入ってきたんです」

■刑《けい》　事《じ》「男の特徴《とくちょう》は？」
■副会長「黒ずくめの服を着ていました。
わたしは男に、いきなりなぐられ、
意識《いしき》がなくなりましたが、
さけび声を聞いた役員が
戻《もど》ってきてくれたんです。
男は募金《ぼきん》をかばんに入れると
窓《まど》から逃《に》げてしまいました。」
話を聞いていた十文字刑事《じゅうもんじけいじ》は、
すぐにこの証言《しょうげん》のウソを見抜《みぬ》いた。

十円玉の重さは4・5グラム、
百円玉の重さは、4・8グラムある。
募金《ぼきん》の大半がコインで、十万円だとすると、
百円玉だけだった場合でも約5キログラムの重さだ。
十円玉などが混《ま》じっていた場合は、
10キログラム以上の重さになるだろう。
それをすばやくかばんにつめ込んで
逃《に》げるのは、物理的に不可能だ。
副会長が、どこかに募金《ぼきん》をかくして、
被害《ひがい》にあったように見せかけたのだ。

## ファイルNo.13

# 登山家殺人事《じ》件《けん》

登山家の野《の》山《やま》歩《あゆむ》が、とある山の中腹《ちゅうふく》で、遺体《いたい》で発見された。
野《の》山《やま》は犯人《はんにん》ともめて抵抗《ていこう》したが、石でなぐられ殺されたようだ。
野《の》山《やま》のそばには、凶器《きょうき》と見られる血のついた石が落ちていた。
倒《たお》れた野《の》山《やま》の手元には、数字の「4」のようなものが
地面に描《か》かれ指差している。
犯人《はんにん》が去《さ》った後《あと》、野《の》山《やま》が残したものだろう。

その後、警察《けいさつ》の捜査《そうさ》で、野山《のやま》と交友関係にある三人が、重要参考人として浮《う》かび上がった。

■**四方大介《よもだいすけ》**　職業《しょくぎょう》　フリーライター

野山《のやま》とは、山岳雑誌《さんがくざっし》の取材で面識《めんしき》がある。取材記事の内容でもめたことがある。

■**北田剛《きただつよし》**　職業《しょくぎょう》　サラリーマン

野山《のやま》の近所に住んでいる。普段《ふだん》から顔見知り。近所づきあいは悪く、トラブルをよく起こす。

**川谷《かわたに》 匠《たくみ》** 職業《しょくぎょう》 登山家

野山《のやま》と同業。登山家としてはライバル的存在《そんざい》。

東京の四ツ谷《よつや》に事務所を持っている。

刑事《けいじ》は、
現場に残された
野山《のやま》の遺体《いたい》写真を見て
いるうちに、
犯人《はんにん》がわかった。

野山《のやま》の残したダイイングメッセージの「4」は、
四方《よかた》や四ツ谷《よつや》に事務所を持つ川谷《かわたに》にも思えるが、
この「4」は数字ではない。
被害者《ひがいしゃ》の指は、「4」で終わらず、上方向を差している。
これは方角を示《しめ》す「方位記号4」だった。
野山《のやま》は登山家であり、
サラリーマンの犯人《はんにん》にさとられ消されないようにと、
とっさに方位記号を地面に書き、
「北」を指差したところで息絶《いきた》えたのだ。
犯人《はんにん》は北田《きただ》 剛《つよし》だ。

## ファイルNo.14

# 逃《とう》走《そう》犯《はん》のウソ

ある殺人事件《じけん》の犯人《はんにん》が、警察《けいさつ》の事情聴取《じじょうちょうしゅ》の最中に警察官《けいさつかん》のすきをみて、取調室から逃走《とうそう》した。すぐさま追いかけたが、建物から裏《うら》山に逃《に》げ込《こ》まれた。警官《けいかん》が出動して山狩《が》りをおこない、広報車も男が警《けい》察《さつ》から逃走《とうそう》したことを伝えた。

そんなとき、ボクは学校の帰り道で裏《うら》山からあわてて走ってくる男に出会った。裏《うら》山からの道は二本あり、一本は人通りもある。もう一本は使われていないため、クモの巣もたくさんはっている。

広報車の知らせを聞いていたボクは、男に声をかけてみた。

■ボク
「おじさんは
どっちの道から来たの?」

■男
「ああ、
そこの林の道からだけど?」

男は警察署《けいさつしょ》がある方向と
逆《ぎゃく》の道を指差した。
ボクはその道を見て、
すぐにウソを見破《みやぶ》った。

男が指差した道にはクモの巣がはっていた。
もし、その道を通ったなら、
クモの巣が男についているはずだ。
男は自分が逃《に》げてきた方向を
知られたくなかったので、
とっさにウソをついたが、
見破《みやぶ》られてしまった。
その後、男は逮捕《たいほ》された。

## ファイルNo.15

# ライターの自殺!?

とある売れっ子女性《じょせい》作家が自宅《じたく》のマンションで遺体《いたい》で発見された。
机《つくえ》にはコップと薬びんがあり、
鑑識《かんしき》によると薬物反応《やくぶつはんのう》が見られたという。
商売道具のパソコンには、「疲《つか》れた。これ以上無理」と
打《う》ち込《こ》まれていたことから、警察《けいさつ》は自殺と判断《はんだん》した。
もちろん、パソコンには彼女《かのじょ》以外の指紋《しもん》は検出されなかった。
彼女《かのじょ》は最近たくさんの仕事をかかえていたことで、
精神的に追《お》い詰《つ》められていたのだろうか。

ところが、十文字刑事《じゅうもんじけいじ》は自殺という判断《はんだん》に何か疑問《ぎもん》を感じ、彼女《かのじょ》の仕事場をもう一度くまなく調査《ちょうさ》した。

机《つくえ》やベッド、引き出しなどを念入りに調べたが、おかしな点はなかった。

あきらめかけた
十文字《じゅうもんじ》刑事《けいじ》だったが、
念のために
死亡《しぼう》した当日のパソコンの履歴《りれき》を
見てみることにした。
そして、
彼女《かのじょ》は何者かに殺されたのだと
確信《かくしん》した。

**○検索履歴《けんさくりれき》リスト**

・「おすすめグルメ旅」
・「旅行予約サイトランキング」
・「夕食かんたんレシピ」
・「トレンドのファッション」

これから死のうという人間が、
旅行の予約サイトや今夜の夕食のレシピなどを
検索《けんさく》するだろうか？
どの検索《けんさく》も悲観的なものを暗示《あんじ》するきざしはない。
彼女《かのじょ》は空《あ》いた時間に気分転換《てんかん》にこれらを見ていたのだろう。
その後の調査《ちょうさ》で、
彼女《かのじょ》が亡《な》くなった日に旅行の予約サイトから
ホテルの予約をしていることも判明した。
他殺と発表された数日後、
彼女《かのじょ》のマネージャーが自首して事件《じけん》は解決《かいけつ》した。

## ファイルNo.16

# プリカ盗《とう》難《なん》

ボクが下校しようとしたとき、
昇《しょう》降《こう》口《ぐち》でダイチとショウが言い合いをしていた。
本の貸《か》し借りでもめているようだ。
貸《か》し主《ぬし》はダイチ、そして、借りたのはショウだ。
どうやらダイチは、
本に千円のプリペイドカードをはさんだまま貸《か》したが、
返された本にはプリペイドカードがなかったらしい。
そこでボクは、二人から事情を聞くことにした。

「ショウはダイチから本を借りたのはまちがいない？」

■ショウ「たしかに本は借りたけど、
プリカなんか、はさまれてなかったし……。
弟もいっしょにいたから知ってるよ」

「ダイチ、何か証《しょう》拠《こ》ある？」

■**ダイチ**「おお、あるとも！
プリペイドカードをはさんだのは、
33ページと34ページの間なんだ。
自分の好きな数字だから、
はっきりおぼえてる」

ウソをついているのはどっちだろう？

本を実際に見るとわかるが、
たいていの本は、
33ページと34ページは裏表《うらおもて》になる。
貸《か》した本もやはり裏表《うらおもて》になっている。
そのためカードをはさむことはできない。
ダイチがウソをついていることになる。

ファイルNo.17

# ふえたお年玉!?

あるお正月の出来事だ。
友だちのリクと公園でお年玉の話をしていると、
ベンチのそばにやさしそうな男がやってきた。
「ぼうや、お年玉をたくさんもらったみたいだね。
じゃあ、おじさんからもプレゼントだ」
男はそう言うと、千円札《さつ》を三枚《まい》取り出しベンチに並《なら》べた。
「プレゼント!?」リクの顔がほころんだ。
しかし、ボクはこの話がとても怪《あや》しく思えた。

■男「そう、ここに三千円あるね。キミも三千円をここに置いて」

男から「プレゼント」という言葉を聞いて、リクは迷《まよ》わずもらったばかりのお年玉から、三千円を取り出すと、横に置いた。

■男「さあ、ここに六千円あるね。
これをキミが持っている五千円と
交換《こうかん》してもいいよ」

■リク「えっ！　ほんとに!?」

五千円で交換《こうかん》すれば六千円に増えるし、
自分の出した三千円も戻《もど》ってくる。
それを見ていたボクはリクを止めた。

一見、五千円出しただけで、
六千円が手に入るし、
自分の出した三千円も戻《もど》ってくるので、
得したように感じるが、これはサギの手口だ。
実際には三千円と五千円を出しているので、
合計八千円。
六千円と交換《こうかん》したら、
二千円の損《そん》になるところだった。
男はリクをだまそうとしていたのだ。

**ファイルNo.18**

# 犯《はん》人《にん》の名は？

小学校の図工室にかざってあったつぼが割《わ》られていた。
先生が調べると、そうじの時間に割《わ》れたことがわかった。
そうじの時間に図工室に入った子どもは五人。
先生はその場にいた五人にそうじの時間の様子を聞いたが、
だれも知らないと言う。
本当のことを言ってやつあたりされるのがこわくて、
だまっているようだ。

子どもたちを教室にもどして、
ふと、黒板のすみを見ると
何か書いてあった。
暗号で犯人《はんにん》を知らせてくれた
子がいたようだ。

**■中《なか》井《い》ヒロキ**

図工室そうじの班長《はんちょう》。責任感《せきにんかん》がつよい。

**■流山《ながれやま》ナオト**

図工室そうじの副班長《ふくはんちょう》。
絵を描《か》くのが苦手。

■**横田《よこた》マサル**

図工大好き少年。工作が得意。

■**夏目《なつめ》ナオ**

クイズが何より好きな少女。

■**鈴木《すずき》ナツキ**

絵を描《か》くのが得意だが、おとなしい。

つぼを割《わ》ったのは、五人のうちのだれだろう?

犯人《はんにん》を示《しめ》すと思われる「な」の字は、四人についているので、
「な」がつく名前ではない。
「な」の右側にある矢印が、示《しめ》しているものが解くカギだ。
これは五十音の「な行」の右、つまり『た』だ。
横に「た」があることから、「よこた」ということがわかる。
おそらく、クイズ好きの夏目《なつめ》ナオが
周りに気づかれないように、こっそり書いたのだろう。
犯人《はんにん》は横田《よこた》マサルだ。

# 推理力《すいりりょく》テスト③

**●犯人《はんにん》からの予告状《よこくじょう》**

連続宝石強盗団《ほうせきごうとうだん》から大胆《だいたん》にも警察《けいさつ》に事件《じけん》の予告状《よこくじょう》が届《とど》いた。これは何と書いてあるのだろう？

**こうして**《けいさつ》 のみなさんへ

**「てぐぬ**
**のりえはひ、**
**いしふまええそくぢ」**

こたえは126ページ

# 観《かん》察《さつ》力《りょく》テスト②

## ●モンタージュ写真

子どもが誘拐《ゆうかい》されそうになる事件《じけん》が起こった。
幸いにも事件《じけん》は未遂《みすい》に終わり、
子どもの記憶《きおく》から犯人《はんにん》のモンタージュ写真がつくられた。

### ■犯人《はんにん》の特徴《とくちょう》

- 左ほほにほくろがある。
- ひげがある。
- メガネはかけていない。
- 片方《かたほう》の耳にピアスをしていた。

完成した犯人《はんにん》のモンタージュ写真はどれだろう？

A

B

C

D

E

F

こたえは126ページ

# 推理力《すいりりょく》テスト④

## ●暗号を解《と》け！

密輸団《みつゆだん》を追っている十文字刑事《じゅうもんじけいじ》が、暗号らしきメモと模様《もよう》が描《か》かれた用紙を現場で拾《ひろ》った。いったい何と書いてあるのだろう？

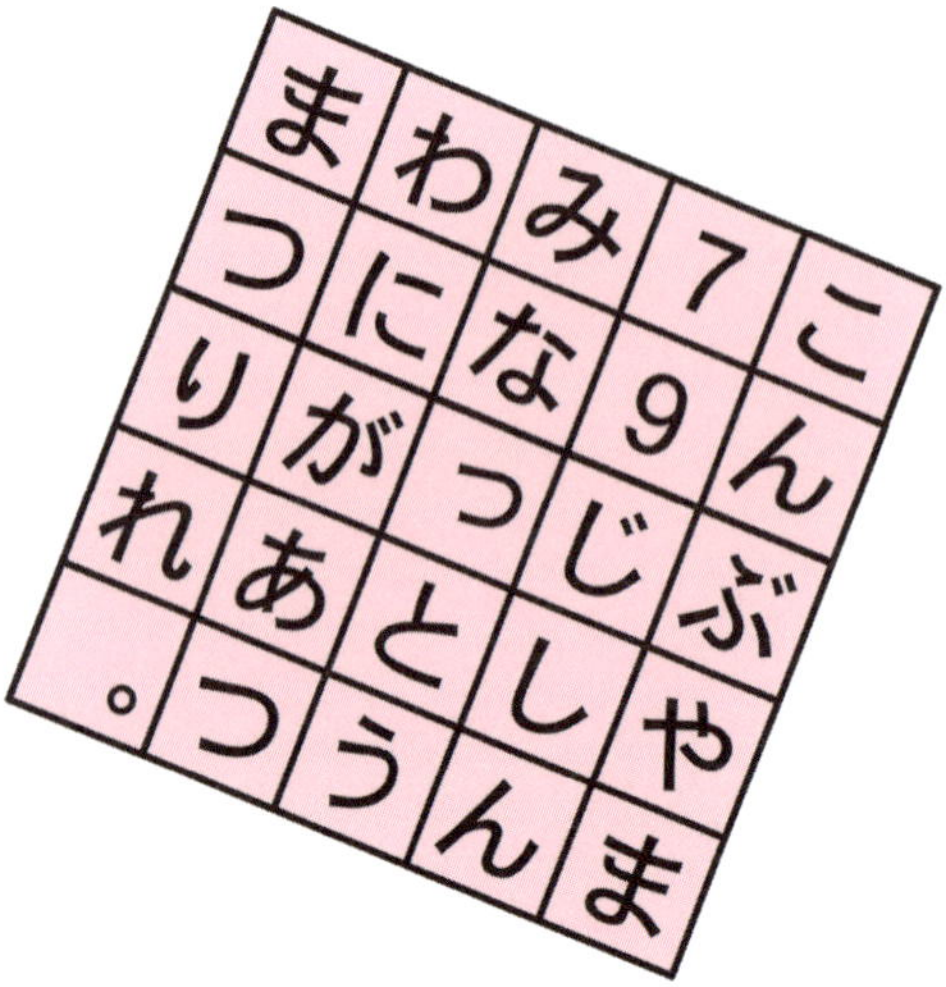


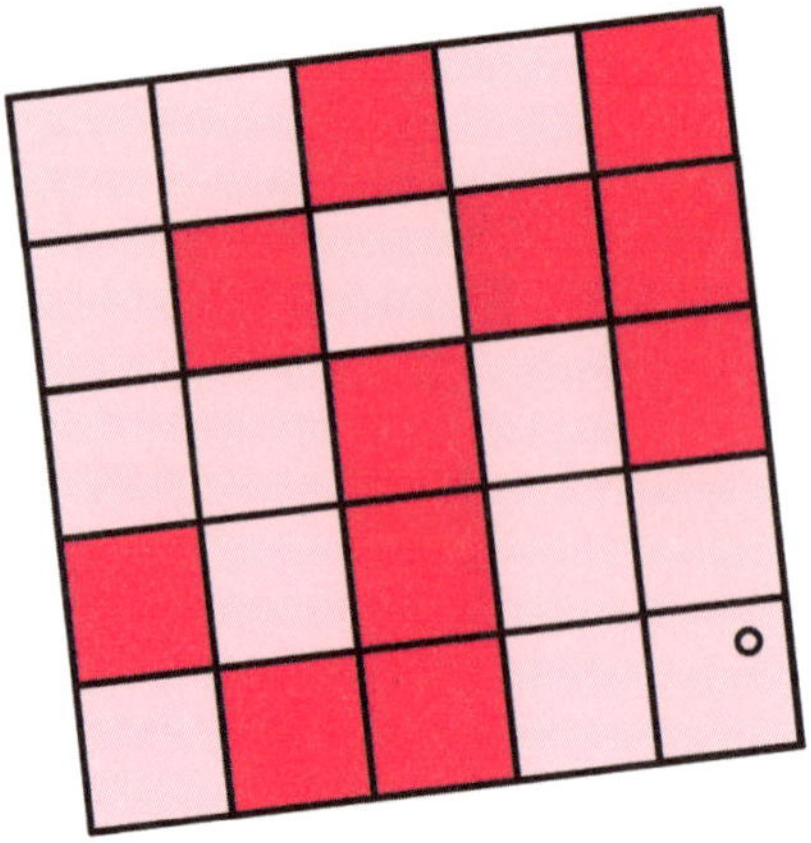

こたえは126ページ

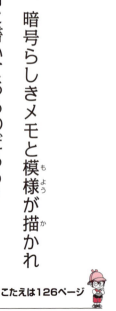

## ファイルNo.19

# 星《ほし》占《うらな》い殺人事件《じけん》

ある女性《じょせい》占《うらな》い師《し》が殺された。彼女《かのじょ》の占《うらな》いはよく当たると評判《ひょうばん》で、マスコミなどでもよく取り上げられていた。

とくに彼女《かのじょ》は占星術《せんせいじゅつ》を得意としていて、
占《うらな》いをしている最中に殺害されたもようだ。

現場に残された手がかりは、占星術師《せんせいじゅつし》が床《ゆか》に残した血文字のみ。

その後、警察《けいさつ》の調査《ちょうさ》で事件《じけん》が起こったとされる時間帯に出入りしていた三人が、容疑者《ようぎしゃ》として浮《う》かび上がった。

町田《まちだ》 智《さとる》 無職《むしょく》 三月七日生まれ

転職《てんしょく》をくり返《かえ》していて、
人生がイヤになっている。
占《うらな》い師《し》のもとには何回か通《かよ》っていた。

■秋葉《あきば》　守《まもる》　マンガ家　十二月六日生まれ

ヒット作に恵《めぐ》まれず、マンガ家をやめようか迷《まよ》っていた。

■石川《いしかわ》萌香《もえか》　フリーター　十一月三日生まれ

アイドル志望《しぼう》。近々、プロデビューが決まり、成功するかを占《うらな》ってもらうために来た。

三人の容疑者《ようぎしゃ》の一人が犯人《はんにん》だ！

被害者《ひがいしゃ》は占星術師《せんせいじゅつし》なので、
犯人《はんにん》の手がかりを
星座マークであらわした。
「m」に似《に》ているので、
町田《まちだ》の m や秋葉《あきば》 守《まもる》の m も当てはまりそうだが、
m の終わりの部分が伸びている点に注目。
これは、星座のマークの「さそり座」をあらわし、
生年月日を見ると石川《いしかわ》だけ、さそり座だ。
犯人《はんにん》は石川萌香《いしかわもえか》だ。

## ファイルNo.20

# お笑い芸人殺人事《じ》件《けん》

お笑い芸人の男性《だんせい》Aが自室で何者かに殺された。
硬《かた》いもので頭をなぐられた形跡《けいせき》があったが、
凶器《きょうき》は見つかっていない。
男性《だんせい》AはBとコンビを組んで、
最近テレビなどで名前が知れ渡《わた》ってきた若者だ。
Aの第一発見者は、コンビの相方B。
連絡《れんらく》を受けた十文字《じゅうもんじ》刑事《けいじ》は、
Aのアパートに急いでかけつけると、Bに状況《じょうきょう》をたずねた。

■刑事《けいじ》「あなたが死体を発見したときの様子を教えてもらえませんか?」

■相方B「ネタ合わせを午後一時にやることになっていました。この部屋に来たときには、ドアは開いていていAは倒《たお》れていたんです」

■刑事《けいじ》「あなたは今日、昼食をとられましたか?」

■相方B「いえ、体調が悪かったので」

BはTシャツとジーンズ姿《すがた》。
なぜか、Tシャツから
ステーキのにおいがした。
十文字刑事《じゅうもんじけいじ》は、それを聞くと
Aの部屋のカーテンのにおいをかいで、
凶器《きょうき》が何かがわかった。

Bは食事をしていないと言うのにTシャツからはステーキのにおいがした。
あきらかに食べた証拠《しょうこ》だ。
BはAを殺そうと思い、偶然《ぐうぜん》、冷凍庫《れいとうこ》のステーキ肉を発見。
それでAをなぐった後、凶器《きょうき》を消すために
肉を調理して食べてしまったのだ。
カーテンにもにおいが移り、Tシャツと同じにおいがした。
ゴミ箱からは肉のレシートが見つかった。
BがAからコンビの解消《かいしょう》を告《つ》げられたことで、
カッとなって犯行《はんこう》におよんだらしい。

## ファイルNo.21

# カガミのひみつ

あるアパートで、男性《だんせい》の遺体《いたい》が発見された。被害者《ひがいしゃ》は松村和也《まつむらかずや》。被害者《ひがいしゃ》の恋人《こいびと》、中井鏡子《なかいきょうこ》がマンションを訪《たず》ね、浴室《よくしつ》で亡《な》くなっているのを発見した。

警察《けいさつ》が現場を調べると、浴室《よくしつ》のドアが開《あ》け放《はな》たれ、被害者《ひがいしゃ》はうつぶせでカガミを指差したまま、洗《あら》い場《ば》で亡《な》くなっていた。

警察《けいさつ》は捜査《そうさ》の結果、第一発見者の中井鏡子《なかいきょうこ》と松村《まつむら》の友人の森田裕人《もりたゆうと》を重要参考人として事情聴取《じじょうちょうしゅ》をすることにした。

■中井《なかい》「わたしが部屋を訪《たず》ねたときは、カギは開いていました。室内に入ると浴室《よくしつ》のドアが開いていて うつぶせで倒《たお》れていたんです」

■森田《もりた》「正直に言います。借りたお金のことで 彼《かれ》に相談に行ったんですが、彼《かれ》は浴室《よくしつ》で殺されていたんですよ。オレこわくなって、ドアの指紋《しもん》をふいて 逃《に》げちゃったんです」

どちらが犯人《はんにん》なのか決め手がない。
十文字《じゅうもんじ》刑事《けいじ》は殺害現場に戻《もど》り、当日と同じ状況《じょうきょう》にするため、
浴室《よくしつ》内でお湯を出しているうちに、被害者《ひがいしゃ》のメッセージを発見した。
そして、森田《もりた》を逮捕《たいほ》した。
ダイイングメッセージは
どのように書かれていた
のだろう。

メッセージは、石けんのついた指でカガミに書かれていた。
湯気がなくなると文字は見えなくなるが、
再び浴室内《よくしつない》が湯気でいっぱいになると
カガミに文字が浮《う》かび上がってくる。
カガミには「モリタ」と書かれていた。
被害者《ひがいしゃ》はカガミを指差したのではなく、
そこに書いたメッセージを知らせたかったのだ。

## ファイルNo.22

# 写真は語《かた》る

ある日、写真家をやっているおじさんの家にリュウタとタクヤは遊びに行った。

おじさんは風景、動物などを撮《と》るのを専門《せんもん》としていて、海外のあちらこちらに出かけて、写真を撮影《さつえい》するのだという。

おじさんが席をはずしたときに、二人は未整理の写真をうっかり触《さわ》って、バラバラにしてしまった。

リュウタとタクヤはあわてて元に戻《もど》したのだが……。

部屋にもどってきたおじさんは、写真を見るなり言った。

「キミたち写真をバラバラにしたね？」

「えっ、ボクたちはいじってませんよ」

「ウソをついてもわかるんだな～」

おじさんは笑って二人の顔を見つめた。

南極《なんきょく》の写真の中に
シロクマの写真が混ざっていたからだ。
一見、違和感がないように思えるが、
シロクマが生息しているのは、北極《ほっきょく》だ。
おじさんはそれに気づき、
子どもたちが写真に触《さわ》ったことがわかったのだ。

## ファイルNo.23

# 自殺予告

ある真冬の夜、タレントAがマンションの自室で亡《な》くなった。
「もう、限界《げんかい》だ。あとはたのむ」
とマネージャーの大野《おおの》に電話があり、あわててかけつけると
部屋は内側からロックされ、
管理人に開けてもらい、いっしょに室内に入った。
Aはベッドで亡《な》くなっていた。
そばにあったのは薬びん、部屋のカギ、スマートフォン。
十文字刑事《じゅうもんじけいじ》は、大野《おおの》に状況《じょうきょう》をくわしく聞いた。

コートにマフラー、手袋姿《てぶくろすがた》の大野《おおの》がベッドを見つめて、茫然《ぼうぜん》と立ちつくしていた。

■**大野**《おおの》「深夜十時にスマホにＡから突然《とつぜん》、自殺予告の電話があったんです。家が近くなのでマンションにすぐにかけつけ、管理人さんにカギを開けてもらいました。スマートフォンに彼《かれ》からの着信履歴《りれき》もありますよ」

そう言うと、大野《おおの》はスマホの着信履歴《りれき》を見せた。

鑑識《かんしき》の調べで室内には本人以外の指紋《しもん》はないことが判明。
ただし、Aのスマートフォンとマンションの内側のドアノブには
指紋《しもん》がなかった。

その理由に気がついた刑事《けいじ》は、犯人《はんにん》が大野《おおの》だと確信した。

大野《おおの》はＡを殺し、わきに薬びんを置き、
つぎにＡのスマートフォンから自分宛《あて》に電話をかけ、着信履歴《りれき》を残した。
その後、スマートフォンとドアノブの指紋《しもん》をふきとり、
部屋の外からカギをかけて、カギを持ち去った。
管理人と部屋に入るときは先に入り、
遺体《いたい》のそばに持ち去ったカギをおいて自殺にみせかけたのだ。
カギに指紋《しもん》がつかないように手袋《てぶくろ》をしていたが、
真冬なのであやしまれなかった。
しかし、指紋《しもん》をふきすぎ、ドアノブやスマートフォンにＡの指紋《しもん》がついていないので、他に誰《だれ》かがいたことがばれてしまった。

## ファイルNo.24

# 破《やぶ》られたポスター

ある雨上がりの午後のできごとだ。
授業《じゅぎょう》も終わり、家に帰ろうとしたとき、
突然《とつぜん》校門付近でガラスの割《わ》れる音がした。
かけつけると、屋外に備え付けられている
掲示板《けいじばん》のガラスが割《わ》れて、破片《はへん》が散乱《さんらん》している。
ガラスケースにあった交通安全の手描《が》きのポスターが破《やぶ》られていた。
そのそばにいたのは、同じクラスの荒井と音無だった。

■荒井《あらい》「ガラスの割《わ》れる音を聞いて、
ボクが来たときは、
掲示板《けいじばん》のガラスは割《わ》れて
ポスターが破《やぶ》かれていた。
そして、そばに音無《おとなし》くんがいたんだ」

■音無《おとなし》「音がしてボクがここに来たら、
ガラスは割《わ》れていたし、
破《やぶ》れたポスターも散らばっていて、
そこに荒井《あらい》くんが立っていた」

二人の言っていることはまるで反対で、相手が犯人《はんにん》だと言っている。
どちらかがウソをついているのは明らかだ。
そして、もう一度掲示板《けいじばん》の周りを念入りに見ると、
どちらがウソをついているかがわかった。

周りに散らばっているポスターの破片《はへん》がポイントだ。
荒井《あらい》のくつあとは紙の上に、
音無《おとなし》のものは紙の下にある。
すでにポスターが破《やぶ》れていたのなら、
くつあとが紙の下にあるのはおかしい。
ウソをついているのは音無《おとなし》だ。

## ファイルNo.25

# トランプの伝言

大学のマジッククラブの発表会のさなか、楽屋で数人のサイフが盗《ぬす》まれる事件《じけん》が発生した。

発表している最中の人の出入りがない時間をねらって犯行《はんこう》はおこなわれ、受付には人がいて楽屋には外部から人が入れないため、内部の人間の犯行《はんこう》だと推測《すいそく》される。

警察《けいさつ》の捜査《そうさ》の結果、犯行《はんこう》のあった時間に楽屋に出入りしたのは、サークル内の三人だということがわかった。

被害《ひがい》にあったバッグの一つの下には、
なぜかトランプのダイヤのAと2がかくすように置かれていた。
犯行《はんこう》を目撃《もくげき》しただれかが、犯人《はんにん》の去った後《あと》にこっそり教えようとしたようだ。

■三角拓也《みすみたくや》　マジックサークル部長。カードマジックが得意。

■井田正人《いだまさと》　部員。手先が器用でコインマジックをよくやる。

■石野二郎《いしのじろう》　部員。マジックの他、クイズ、パズルマニア。

手がかりはトランプ。
十文字刑事《じゅうもんじけいじ》はふと、かべに貼《は》ってあった
ポスターを見て、あることがひらめいた。
残された二枚《まい》は何を意味するのだろう？

ポスターが示《しめ》す通り、トランプのダイヤは暗号になっていて、
クラブのA、2、3が「ク」、「ラ」、「ブ」をあらわすことから、
ダイヤのAは「ダ」、2は「イ」、3は「ヤ」をあらわす。
現場にあったのは「ダ」と「イ」。
この二つが名前に入るのは井田《いだ》だけだ。
事件《じけん》の目撃者《もくげきしゃ》だった石野《いしの》が機転《きてん》をきかせて、
カードで教えたのだ。
犯人《はんにん》は井田正人《いだまさと》だ。

## ファイルNo.26

# なぞの凶器《きょうき》

午後八時にパトロールを終え、警察官《けいさつかん》が交番へ帰ろうとしていた。
ちょうど公園近くにさしかかったとき、さけび声が聞こえた。
急いで声のした方に行くと、
中年の男性《だんせい》が公園の砂場《すなば》近くにうつぶせに倒《たお》れている。
だれかに後頭部を硬《かた》いものでなぐられ、バッグをうばわれたらしい。
凶器《きょうき》となるものは、どこにもなさそうだ。
警察官《けいさつかん》は意識《いしき》がもうろうとしている男性《だんせい》から、
どうにか犯人《はんにん》の特徴を聞き出した。

そして、すぐに周辺を調べると、あやしい男を見つけた。

**■男**「公園でひったくりがあったんですか？　ぶっそうですね。
わたしは、たしかにその公園の前を通りましたが、
あやしい人は見なかったですよ」

■**警察官《けいさつかん》**「すみません。持ち物を見せていただけますか？」

■**男**「もしかして、わたしを疑《うたが》ってます？
凶器《きょうき》になるようなものなんか持っていませんよ！」

男はくつ下を片方《かたほう》しかはいていなかった。
そして、もう片方《かたほう》は丸めてポケットに入っていた。
これを見た警察官《けいさつかん》は男を犯人《はんにん》だと確信した。

犯人《はんにん》は公園の砂場《すなば》の砂《すな》をくつ下に目いっぱいつめて、
それで、相手をなぐった。
たかが、砂《すな》でもぎっしりくつ下につめれば、
鈍器《どんき》となって、人に危害《きがい》を加えることができるのだ。
おそらく犯人《はんにん》は相手をなぐった後《あと》、
くつ下の砂《すな》は捨《す》ててしまったのだろう。
そして、その後《あと》にくつ下をはこうとしたときに、
運悪く見つかってしまった。
丸めたくつ下を調べると、少量の砂《すな》が残っていた。

## ファイルNo.27

# アリバイをくずせ！

小雨が降《ふ》ったりやんだりしている朝のこと、猛《もう》スピードで走ってきた車が、歩行中の老人をはねて、そのまま逃走《とうそう》した。運悪く周辺に防犯《ぼうはん》カメラはなかったが、車の色やナンバーの一部を被害者《ひがいしゃ》が覚えていて、それを手がかりに警察《けいさつ》が捜索《そうさく》した。すると、犯人《はんにん》の車によく似《に》た車が近くのアパートで見つかり、警察《けいさつ》がその車の持ち主に事情聴取《じじょうちょうしゅ》することになった。

警察《けいさつ》がアパートに行くと、ちょうどその車の持《も》ち主《ぬし》の男が
部屋から出て、駐車場《ちゅうしゃじょう》にやってきたところだった。

**男**「今朝《けさ》、ひき逃《に》げですって？
わたしはライターをしているんですが、
昨日《きのう》の夜からずっと仕事で
部屋から一歩も出ていませんよ」

男はそう言ったが、一人暮《ひとりぐ》らしで
アリバイを証明《しょうめい》するものはなかった。

■男「もういいですか?
これから、朝メシを買いに行くので、
これで失礼《しつれい》します」

走り去った後《あと》の駐車場《ちゅうしゃじょう》を見て、
男の証言《しょうげん》がウソであることがわかった。

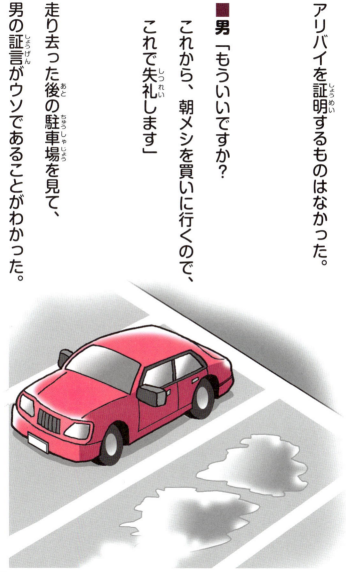

雨は朝から降っていた。
昨夜からずっと仕事をしていて、
どこにも出かけていないのなら、
車の下はぬれていないはず。
それなのに
男が車で走り去った駐《ちゅう》車《しゃ》場《じょう》のスペースが
雨でぬれていた。

## ファイルNo.28

# 女《じょ》優《ゆう》の素《す》顔《がお》

歌って踊《おど》れる人気女優《じょゆう》風森《かざもり》ゆうかがマンションで殺されているのを、訪《たず》ねてきたマネージャーの赤坂《あかさか》が発見した。

現場には、メイクした後《あと》の道具が散乱《さんらん》し、死体には首をしめられたあとが残っていた。その日、彼女《かのじょ》は仕事のスケジュールが空《あ》いていて、自宅《じたく》でのんびり過《す》ごしていた。

しかし、どうしても翌日《よくじつ》の仕事について、相談したいことがあり、赤坂は訪《たず》ねて行ったのだという。

当日、彼女《かのじょ》のマンションを訪《たず》ねたのは赤坂《あかさか》の他にもう二人いた。

容疑者《ようぎしゃ》はこの三人にしぼられた。

**風森《かざもり》みく**　風森《かざもり》ゆうかの妹。
姉のマネージャー赤坂《あかさか》に誘《さそ》われ、芸能界デビューをする予定。
ゆうかは反対していた。

**赤坂《あかさか》**　マネージャー。
仕事のことでよく言い争いをしていた。近々、独立《どくりつ》して、ゆうかの妹を芸能界デビューさせようとしている。

■**日比谷《ひびや》** 映画《えいが》の助監督《じょかんとく》。

ゆうかがデビューした頃《ころ》からのつきあい。

刑事《けいじ》は、殺されたときの状況《じょうきょう》と

この三人の関係から、すぐに犯人《はんにん》を特定した。

女優《じょゆう》は仕事のない日に化粧《けしょう》をしないで過《す》ごすこともある。
訪《たず》ねてきた人物が身内やマネージャーなら
わざわざメイクをせず、素顔《すがお》で応対《たいおう》するはずだ。
けれど、彼女《かのじょ》はメイクをしたまま殺されていた。
つまり、素顔《すがお》を見せてはいけない相手ということになる。
犯人《はんにん》は助監督《じょかんとく》の日比谷《ひびや》だ。

# 十《じゅう》文《もん》字《じ》刑《けい》事《じ》からの挑《ちょう》戦《せん》状《じょう》！

ここまで数々のなぞを
解《と》いてきたキミに
わたしから最後の問題だ。
なんと書いてあるのかな？
暗号を解読してくれたまえ！

【メ　モ】
M4 M5

**K5 R2 G1**

**T5 K4 T1 R1**

**G5 A3 K1 K3！**

ヒント：50音表

こたえは126ページ

# 推《すい》理《り》力《りょく》・観《かん》察《さつ》力《りょく》テストこたえ

■P41:推《すい》理《り》力《りょく》テスト❶のこたえ

**「こんや　おおさかへいけ(今夜　大阪《おおさか》へ行け)」**

パソコンのキーボードボタンの下に書かれている、ひらがなを読む。

■P43:推《すい》理《り》力《りょく》テスト❷のこたえ

**ウ　9618**

被害者《ひがいしゃ》が仰向《あおむ》けに倒《たお》れた状態《じょうたい》で、文字を書いた。

■P44:観《かん》察《さつ》力《りょく》テスト❶のこたえ

**包帯《ほうたい》をしている方の足で歩いているので、ケガはウソだ。**

■P81:推《すい》理《り》力《りょく》テスト❸のこたえ

**「つぎに　ねらうのは、あさひほうせきだ」と読む。**

最初の「こうして」を「けいさつ」と読むことから、五十音順に一文字ずつずらしているのがわかる。

■P83:観《かん》察《さつ》力《りょく》テスト❷のこたえ

**モンタージュ写真はE**

■P84:推《すい》理《り》力《りょく》テスト❹のこたえ

**「こんや　7じ　みなとに　あつまれ」**

■P125:十文《じゅうもん》字《じ》刑《けい》事《じ》からの挑戦状《ちょうせんじょう》!のこたえ

**「これが　とけたら　ごうかく!」**

アルファベットは50音の行をあらわし、数字は段をあらわす。

## ■主な参考文献

**「とびまるランド なぞなぞ名探偵」**

重金碩之著（大泉書店）

**「謎をとくのはキミだ！ 推理クイズ3・4年生」**

作・いちむらゆう／絵・羽馬かおり（高橋書店）

**「謎をとくのはキミだ！ 推理クイズ5・6年生」**

作・本間正夫／絵・黒子光子（高橋書店）

**「五秒で見破れ！ 全員ウソつき」**

作・田中智章／絵・ビブオ／監修・植松峰幸（朝日新聞出版）

**「ドラえもんの小学校の勉強おもしろ攻略 頭を楽しくきたえる！ 推理クイズ」**

構成・フォルスタッフ／まんが・大岩ぴゅん／イラスト・しらいしろう（小学館）

**著●土門 トキオ**（どもん　ときお）
東京生まれ。漫画の他、なぞなぞ、だじゃれ、迷路などの児童書を執筆。
代表作には「おすしかめんサーモン」シリーズ（Gakken）がある。
推理クイズ関係著書には本書の他、「名探偵なぞとき推理ファイル140」（西東社）、「あたまがよくなる！たんていクイズ1ねんせい」、「ひらめき天才パズル4すいり」（いずれもGakken）他がある。

**装丁イラスト●へびつかい**
1988年生まれ、広島県尾道市出身。独特な色彩と繊細な描線が特徴のイラストレーター。
幻想的な作風で、Webを中心に多くの作品を発表している。

**迷《めい》宮《きゅう》突《とっ》破《ぱ》！**
**60秒の推理《すいり》ファイル**
**パート1　目の前にある手がかり**

2024年11月　初版第1刷発行

| | |
|---|---|
| 著　　者 | 土門 トキオ |
| 発 行 者 | 三谷 光 |
| 発 行 所 | 株式会社 汐文社<br>東京都千代田区富士見1-6-1<br>富士見ビル1階　〒102-0071<br>電話03-6862-5200　FAX03-6862-5202<br>https://www.choubunsha.com/ |
| 印　　刷 | 新星社西川印刷株式会社 |
| 製　　本 | 東京美術紙工協業組合 |

ISBN978-4-8113-3178-2　NDC913